海のうた

左右社

海のうた

あなたから生まれる前の夢をみた波打ち際の電話ボックス

藤本玲未

海開きひとりで祝うビニールシート広げて去年の砂を逃がして

山崎聡子

夜の海　すこしあかるい黒が夜、暗くて濡れている黒が海

くどうれいん

釣り船のあかりと星とを分かちゐし水平線が闇にほどける

光森裕樹

海とパンがモーニングサーヴィスのそのうすみどりの真夏の喫茶店

正岡豊

大丈夫わたしもさっき起きたとこ、ところでこの星、海があるのね

海沿いを走る電車の陸沿いに紫陽花がある　帰りに見よう

鈴木ジェロニモ

すれ違う電車が窓へ投げ入れた鱗散る海からきた光

立花開

さあここであなたは海になりなさい　鞄は持っていてあげるから

笹井宏之

人魚伝説のある町　排水の匂いが海だ　スカートに風

初谷むい

行き先がわからないほどねじれてた列車が海を一瞬越える

我妻俊樹

はだし

いい時間　海　を　みりん　で終わらせて　そこから別になんにもなくて

海風に嘘の未来はかがやいてぜんぶの袋小路《デッドエンド》を照らす

笠木拓

ペンギンのかき氷器が置いてあるほかにはなにもない海の家

佐々木朔

海に来れば海の向こうに恋人がいるようにみな海をみている

五島諭

もう一度波に差し出すまだきみがわたしの前にいた頃の靴

岡崎裕美子

おりゃおりゃおりゃおりゃおりゃおりゃって生きてたらはちゃめちゃに
光ってる夏の海

青松輝

海を見よ　その平らかさたよりなさ　僕はかたちを持ってしまった

服部真里子

ゆびとゆびの間に付け根があることを確かめてゆく春の砂浜

長谷川麟

追い立てれば流れるように逃げていくそのぎんいろのさざ波を追う

土岐友浩

はらってもはらっても落ちる砂ならば連れて帰ろう　どこに？　どこでも

宇都宮敦

海の生きもの透明な糸を引きこれから出会うだろう運命の人

伊藤紺

くるぶしを波にまかせている夢の浜はあなたと来たことがない

山階基

貝殻の裏はきらきらしてきれい　生きてる貝の見てたきらきら

谷じゃこ

光るゆびで海を指すから見つけたら指し返してと、遠い契約

石川美南

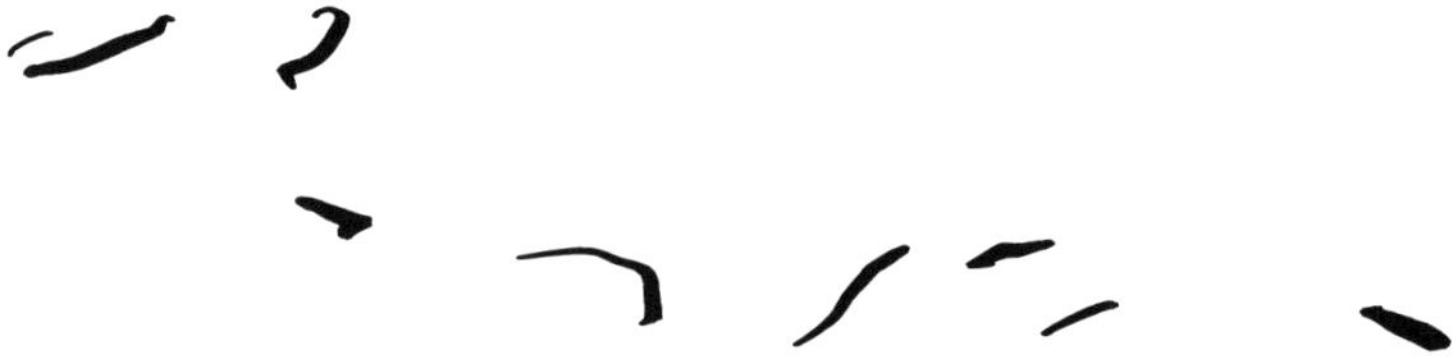

あっ、ビデオになってた、って君の声の短い動画だ、海の

千種創一

春とあなたの価値は等しい夕闇の海で貰った海の一粒

堂園昌彦

白き線踏めば悔いの多きことゆらりと満ちる　海がみえます

東直子

雷が海に落ちたねわたしたち上へ上へと髪巻き上がる

谷川由里子

イルカショーのうしろに海がよこたはるこまごましき波がひかりをかへし

山下翔

海をぜんぶ吸い込むための掃除機に今朝シロナガスクジラがつまる

吉岡太朗

蟹缶を自分のために開けてゐる海がこぼれぬやうにそおつと

門脇篤史

それぞれの海の記憶を持ち寄って夏の匂いのする会議室

辻聡之

三年をみなとみらいに働いてときどき海を見るのも仕事

本多真弓

ある朝は網にかかった電車ごとみんなで海に帰りたいです

盛田志保子

中ジョッキを海に見立てて深海の話をしてから深海を飲む

仲西森奈

石ころが海の底へと落ちてゆくさまを思うよ今日のおわりに

工藤吉生

いつ死ぬかわからないのにどうやって海へ行く日を決めるのだろう

pha

科学では証明できない交際相手に海がないと言われたら海はない

手塚美楽

アルフォートまず海を噛むわたしたち少しことばを使い過ぎたね

toron*

今日分の三人分の海を買う小分けにされた海持ちレジへ

田中有芽子

もし空が海だったらと考えて考え終わってドア閉まります

望月裕二郎

空調の音さざ波に変わりゆく寝不足の午後の図書館は海

戸田響子

この人も嵐のあとの海岸に打ち上げられたかたちで眠る

吉田恭大

きみの名になるかもしれなかった名がいまも浮かんでいる海がある

榊原紘

面接へゆかず海まで六時間歩いたという　その海を想う

雪舟えま

家もまた波寄せやまぬ潮だまり自分が沸かす湯が頬へとぶ

柳原恵津子

同じ町でも海の近くで生まれてる人と話したその町のこと

佐クマサトシ

傾くとわたしの海があふれ出す　いとこのようなやさしさはいや

田中槐

海だけのページが卒業アルバムにあってそれからとじていません

伊舎堂仁

殴り合いみたいなキスをしたこともカウントせずに始発で海へ

枡野浩一

この海でするチル飽きてきたような気もする　鳥をぜんぶ数える

川村有史

海に血を混じらせながら泳ぎ切る果てにしづかな孤島を見たり

山田航

川と海みず混ざりあう場所にいてたましいの正座を待っている

石畑由紀子

かわせみよ　波は夜明けを照らすからほんとうのことだけを言おうか

井上法子

きみからの電話に出ずに海へ行き、骨。とおもって拾う貝殻

山中千瀬

つないだ手やわらかかった春の海まぶしいままで終わりにしたい

上澄眠

海沿いにひるがえっているTシャツとただ吹くだけの風の一日

早坂類

「忘れて」と「覚えていて」の後悔を　海に置いたらどちらが沈む

中村森

ふたりして海に降る雨を眺めてた水溶性の傘をひらいて

中山俊一

テーブルの上に魚が死んでいてここは海底だったと気付く

鈴木晴香

机にも膝にも木にも傷がありどこかで海とつながっている

江戸雪

海になつかしさを感じているうちはほんとうのさようならは言えない

郡司和斗

海に来てわれは驚くなぜかくも大量の水ここに在るのかと

奥村晃作

ブルーシートを広げるような静けさで僕の胸から海はあふれた

永井亘

果ての果て滅びゆく海のことならば波ではなくて砂に訊ねよ

牛隆佑

いつか　くる　おわりを　みないで　すむように　さかなは　うみから
でませんでした

多賀盛剛

ヘブンズ・ドアー　わたくしという一冊に冷たき海の見開きがある

北山あさひ

携帯電話海に投げ捨て響かせる海底世界にきみの着信

小島なお

海岸を歩き続けた　行くあても帰れる場所もなにもなかった

加藤千恵

波打ち際の泡すくい上げ手のひらに小さな海の呼吸が終わる

近江瞬

人界に還る儀式として潮の香りの肌を真水で洗う

伊波真人

シーグラス　波にすべては洗われていつか許せる日が来るのかな

岡本真帆

複雑なかたちに海は光ってたそれからあとはさびしさだった

阿波野巧也

愚か者・オブ・ザ・イヤーに輝いた俺の帽子が飛ばされて　海へ

穂村弘

もう一度言うがおれは海の男ではない

フラワーしげる

海を見に行きたかったなよろこびも怒りも捨てて君だけ連れて

染野太朗

その海を死後見に行くと言いしひとわたしはずっとそこにいるのに

大森静佳

もう誰のことも思わず流氷に境界なくす海を見ている

錦見映理子

みっしりと寄りあう海の生きものがみんなちがってうれしい図鑑

佐藤弓生

海で遊んだ記憶のように死ぬことが懐かしくなるかがやきながら

絹川柊佳

もういいね許していいね下敷きを反らせてみたら海に似ている

野口あや子

波を背にかぶりつつかがむてのひらに毛が生えているやさしいひと

高柳蕗子

海に来て菓子をひらけば晩年はふと噴水《ふきあげ》のごとく兆しぬ

内山晶太

青海波　かがやく部位をひとつずつ指さしてゆく春の午餐よ

丸山るい

海沿いできみと花火を待ちながら生き延び方について話した

平岡直子

完全に夜になるまで砂浜でわけあう毛布ちょっとちいさい

谷川電話

記憶ごと頭蓋の内を跳ねる雨どうかすがすがしく海になれ

大前粟生

浅瀬には貝殻すらない冬の海このまま待てば夏になる海

柴田葵

アマゾンで激安だったツナ缶のマグロは海を覚えてるかな

上坂あゆ美

海の画を見終へてひとは振り向きぬその海よりいま来たりしやうに

川野芽生

海を背にしていることも強みとし君はやさしい夏を打ち切る

吉川宏志

かつて海だったこの道を歩くかすかに残る水かきを振り

紺屋小町

寄せ返す波のしぐさの優しさにいつ言われてもいいさようなら

俵万智

海はどうしようもなく塩辛いということを忘れているねこの言葉たち

三上春海

心電図の波の終わりにぼくが見る海がきれいでありますように

木下龍也

遠浅の海にひたした足がなくなっていく帰らなくちゃいけない

井口可奈

ただひとり僕のこころのために来た海はそれほど青くなかった

笹川諒

加工したほうがきれいになる海の結局デフォルトに戻すまで

岡野大嗣

海のたび海だと叫ぶ少年の目前にまた海があらわる

鈴木ちはね

著者紹介・出典

掲載順

藤本玲未　ふじもと・れいみ

一九八九年生まれ、東京都出身。「かばん」会員。歌集に『オーロラのお針子』。

P.3　あなたから〜

『オーロラのお針子』(書肆侃侃房)

山崎聡子　やまざき・さとこ

一九八二年生まれ、栃木県出身。第五三回短歌研究新人賞受賞。歌集に『手のひらの花火』(第一四回現代短歌新人賞)『青い舌』(第三回塚本邦雄賞)。

P.4　海開き〜

『青い舌』(書肆侃侃房)

くどうれいん

一九九四年生まれ、岩手県出身。短歌結社「コスモス」所属。歌集に『水中で口笛』(工藤玲音名義)、東直子との共著『水歌通信』。小説『氷柱の声』(第一六五回芥川賞候補作)、エッセイ集『わたしを空腹にしないほうがいい』など著書多数。

P.5　夜の海〜

『水中で口笛』(左右社)

光森裕樹　みつもり・ゆうき

一九七九年生まれ、兵庫県出身。第五四回角川短歌賞受賞。歌集に『鈴を産むひばり』(第五五回現代歌人協会賞)『うづまき管だより』(電子書籍)『山椒魚が飛んだ日』。

P.6　釣り船の〜

『山椒魚が飛んだ日』(書肆侃侃房)

☼……………………

正岡豊　まさおか・ゆたか

一九六二年生まれ、大阪府出身。歌集に『四月の魚』『白い箱』。一九九二年、別名義で第五回俳句空間新人賞受賞。

P.7　海とパンが〜

『四月の魚』（書肆侃侃房）

☼……………………

鳥さんの瞼　とりさんのまぶた

神奈川県出身。歌集に『死のやわらかい』。

P.8　大丈夫〜

『死のやわらかい』（点滅社）

☼……………………

鈴木ジェロニモ　すずき・じぇろにも

一九九四年生まれ、栃木県出身。プロダクション人力舎所属のピン芸人として活動。短歌鑑賞イベント『ジェロニモ短歌賞』主催など、短歌関連の活動も精力的に行う。プチ歌集『晴れていたら絶景』。

P.9　海沿いを〜

『晴れていたら絶景』（芸人短歌）

☼……………………

立花開　たちばな・はるき

一九九三年生まれ、愛知県出身。短歌結社「まひる野」所属。第五七回角川短歌賞受賞。歌集に『ひかりを渡る舟』（第一二回中日短歌大賞、第二回日本短歌雑誌連盟新人賞）。

P.10　すれ違う〜

『ひかりを渡る舟』（角川書店）

☼……………………

笹井宏之　ささい・ひろゆき

一九八二年生まれ、佐賀県出身。第四回歌葉新人賞受賞。二〇〇七年、短歌結社「未来」入会。同年、未来賞受賞。二〇〇九年逝去。歌集に『えーえんとくちから』『ひとさらい』『てんとろり』。

P.11　さあここで〜

『えーえんとくちから』（ちくま文庫）

✿…………………………

初谷むい　はつたに・むい

一九九六年生まれ、北海道出身。歌集に『花は泡、そこにいたって会いたいよ』『わたしの嫌いな桃源郷』。

P.12　人魚伝説の〜
『花は泡、そこにいたって会いたいよ』（書肆侃侃房）

✿…………………………

我妻俊樹　あがつま・としき

一九六八年生まれ。神奈川県出身。歌集に『カメラは光ることをやめて触った』。二〇〇五年に第三回ビーケーワン怪談大賞を受賞、怪談作家としても活動。

P.13　行き先が〜
連作「２０２４年 1月26日17時26分」
https://x.com/agtmtsk_bot/tatus1750797220327162060

✿…………………………

はだし

ネット短歌結社「なんたる星」所属。

P.14　いい時間〜
『なんたる星』二〇一六年一二月号

✿…………………………

笠木拓　かさぎ・たく

一九八七年生まれ、新潟県出身。「遠泳」同人。歌集に『はるかカーテンコールまで』（第二回高志の国詩歌賞、第四六回現代歌人集会賞）。

P.15　海風に〜
『はるかカーテンコールまで』（港の人）

✿…………………………

佐々木朔　ささき・さく

一九九二年生まれ、神奈川県出身。「羽根と根」同人。

P.16　ペンギンの〜
『現代短歌』二〇二四年五月号（現代短歌社）

五島諭　ごとう・さとし

一九八一年生まれ。歌集に『緑の祠』。

P.17　海に来れば～

『緑の祠』（書肆侃侃房）

岡崎裕美子　おかざき・ゆみこ

一九七六年生まれ。短歌結社「未来」所属。二〇〇一年、未来年間賞受賞。歌集に『発芽』『わたくしが樹木であれば』。

P.18　もう一度～

『わたくしが樹木であれば』（青磁社）

青松輝　あおまつ・あきら

一九九八年生まれ、大阪府出身。歌集に『4』。「ベテランち」「雷獣」名義でYouTuberとしても活動。

P.19　おりゃおりゃおりゃおりゃ～

『4』（ナナロク社）

服部真里子　はっとり・まりこ

一九八七年生まれ、神奈川県出身。第二四回歌壇賞受賞。歌集に『行け広野へと』（第二一回日本歌人クラブ新人賞、第五九回現代歌人協会賞）『遠くの敵や硝子を』。

P.20　海を見よ～

『行け広野へと』（本阿弥書店）

長谷川麟　はせがわ・りん

一九九五年生まれ、岡山県出身。第一〇回現代短歌社賞受賞。歌集に『延長戦』。

P.21　ゆびとゆびの～

『延長戦』（現代短歌社）

土岐友浩　とき・ともひろ

一九八二年生まれ、愛知県出身。歌誌「西瓜」所属。歌集に『Bootleg』（第四一回現代歌人集会賞）『僕は行くよ』『ナムタル』。

P.22　追い立てれば〜
『僕は行くよ』（青磁社）

宇都宮敦　うつのみや・あつし

一九七四年生まれ、千葉県出身。歌集に『ピクニック』。

P.23　はらっても〜
『ピクニック』（現代短歌社）

伊藤紺　いとう・こん

一九九三年生まれ、東京都出身。歌集『肌に流れる透明な気持ち』『満ちる腕』を私家版で刊行したのち、二〇二三年に短歌研究社より両作を商業出版として同時刊行。その他歌集に『気がする朝』。

P.24　海の生きもの〜
『気がする朝』（ナナロク社）

山階基　やましな・もとい

一九九一年生まれ、広島県出身。歌集に『風にあたる』『夜を着こなせたなら』。

P.25　くるぶしを〜
『夜を着こなせたなら』（短歌研究社）

谷じゃこ　たに・じゃこ

一九八三年生まれ、大阪府出身。短歌のZINEやフリーペーパーを発行。『クリーン・ナップ・クラブ』『ヒット・エンド・パレード』『バッテラ』など。

P.26　貝殻の〜
『クリーン・ナップ・クラブ』（私家版）

石川美南　いしかわ・みな

一九八〇年生まれ、神奈川県出身。「pool」［sai］同人、さまよえる歌人の会、橋目侑季（写真・活版印刷）とのユニット「山羊の木」などで活動。歌集に『砂の降る教室』『裏島』『離れ島』『架空線』『体内飛行』（第一回塚本邦雄賞）。

P.27　光るゆびで〜
『離れ島』（本阿弥書店）

千種創一　ちぐさ・そういち

一九八八年生まれ、愛知県出身・中東在住。二〇一三年第三回塔新人賞、二〇二一年現代詩「ユリイカの新人」受賞。歌集に『砂丘律』（第二二回日本歌人クラブ新人賞、第九回日本一行詩大賞新人賞）『千夜曳獏』。詩集に『イギ』。

P.31　あっ、ビデオに〜
『砂丘律』（ちくま文庫）

堂園昌彦　どうぞの・まさひこ

一九八三年生まれ、東京都出身。「pool」同人。歌集に『やがて秋茄子へと到る』。

P.32　春とあなたの〜
『やがて秋茄子へと到る』（港の人）

東直子　ひがし・なおこ

一九六三年生まれ、広島県出身。「かばん」会員。第七回歌壇賞受賞。歌集に『春原さんのリコーダー』『青卵』『回転ドアは、順番に』（穂村弘との共著）『水歌通信』（くどうれいんとの共著）、歌書に『短歌の時間』『現代短歌版百人一首』など。小説、児童文学、詩、イラストレーションなど多ジャンルで活動。小説『とりつくしま』『ひとっこひとり』、エッセイ集『魚を抱いて』、詩集『朝、空が見えます』など著書多数。

P.33　白き線〜
『青卵』（ちくま文庫）

谷川由里子　たにがわ・ゆりこ

一九八二年生まれ、神奈川県出身。第一回笹井宏之賞大森静佳賞受賞。歌集に『サワーマッシュ』。

P.34　雷が〜

『サワーマッシュ』（左右社）

山下翔　やました・しょう

一九九〇年生まれ、長崎県出身。短歌結社「やまなみ」所属。歌集に『温泉』（第六三回現代歌人協会賞、第四四回現代歌人集会賞）『meal』。

P.35　イルカショー〜

『meal』（現代短歌社）

吉岡太朗　よしおか・たろう

一九八六年生まれ、石川県出身。第五〇回短歌研究新人賞受賞。歌集に『ひだりききの機械』『世界樹の素描』。

P.36　海をぜんぶ〜

『ひだりききの機械』（短歌研究社）

門脇篤史　かどわき・あつし

一九八六年生まれ、島根県出身。短歌結社「未来」所属、「too late」「西瓜」同人。第六回現代短歌社賞受賞。歌集に『微風域』（第二六回日本歌人クラブ新人賞、第一三回日本一行詩大賞新人賞）。

P.37　蟹缶を〜

『微風域』（現代短歌社）

辻聡之　つじ・さとし

一九八三年生まれ、愛知県出身。短歌結社「かりん」編集委員。第三四回かりん賞受賞。歌集に『あしたの孵化』。

P.38　それぞれの〜

『あしたの孵化』（短歌研究社）

本多真弓　ほんだ・まゆみ

短歌結社「未来」所属。二〇一〇年、未来年間賞受賞。二〇一二年、未来賞受賞。歌集に『猫は踏まずに』。

P.39　三年を〜

『猫は踏まずに』（六花書林）

✿……………………………………

盛田志保子　もりた・しほこ

一九七七年生まれ、岩手県出身。短歌結社「未来」所属。二〇〇〇年、短歌コンクール「うたう」作品賞受賞。歌集に『木曜日』。随想集に『五月金曜日』。

P.40　ある朝は～

『木曜日』（書肆侃侃房）

✿……………………………………

仲西森奈　なかにし・もりな

一九九二年生まれ。作家、音楽グループ□□□〈クチロロ〉契約社員、喜楽湯短歌団、朗読バンド筆記体、セレクトショップ『Goods』での骨董品への名付けなど。歌集に『起こさないでください』。私家版歌集に『日記』。その他著書に連作掌編小説『そのときどきで思い思いにアンカーを打つ。』などがある。

P.41　中ジョッキを～

『起こさないでください』（さりげなく）

✿……………………………………

工藤吉生　くどう・よしお

一九七九年生まれ、千葉県出身。第六一回短歌研究新人賞受賞。歌集に『世界で一番すばらしい俺』（剛力彩芽主演・山森正志監督で短編映画化）『沼の夢』。

P.42　石ころが～

『世界で一番すばらしい俺』（短歌研究社）

✿……………………………………

pha　ふぁ

一九七八年生まれ、大阪府出身。作家。大学在学中に京大短歌会に少しだけ参加。短歌アンソロジー『おやすみ短歌』編著者（枡野浩一、佐藤文香との共編著）。小さな短歌集『少しだけ遠くの店へ』を私家版で刊行。『どこでもいいからどこかへ行きたい』『しないことリスト』『パーティーが終わって、中年が始まる』など著書多数。

P.43　いつ死ぬか～

『少しだけ遠くの店へ』（私家版）

手塚美楽　てづか・みら

二〇〇〇年生まれ、東京都出身。歌集に『ロマンチック・ラブ・イデオロギー』。インスタレーション、パフォーマンス、文章表現による作品制作をおこなう。

P.44　科学では〜
『ロマンチック・ラブ・イデオロギー』（書肆侃侃房）

toron*　とろん

大阪府出身。短歌結社「塔」短歌ユニット「たんたん拍子」「Orion」所属。第一四回塔新人賞受賞。歌集に『イマジナシオン』。

P.45　アルフォート〜
『イマジナシオン』（書肆侃侃房）

田中有芽子　たなか・うめこ

北海道出身。「かばん」会員。オンデマンド版歌集『私は日本狼アレルギーかもしれないがもう分からない』を私家版で刊行したのち、二〇二三年に左右社より同歌集を新装版として刊行。

P.46　今日分の〜
『私は日本狼アレルギーかもしれないがもう分からない』（左右社）

望月裕二郎　もちづき・ゆうじろう

一九八六年生まれ、東京都出身。二〇〇九年から二〇一一年まで「町」同人。歌集に『あそこ』。

P.47　もし空が〜
『あそこ』（書肆侃侃房）

戸田響子　とだ・きょうこ

一九八一年生まれ、愛知県出身。第四回詩歌トライアスロン受賞。歌集に『煮汁』。

P.48　空調の〜
『煮汁』（書肆侃侃房）

☼……………………………

吉田恭大　よしだ・やすひろ

一九八九年生まれ、鳥取県出身。歌集に『光と私語』。舞台製作者として、劇場の事業制作に携わる。

P.49　この人も〜
『光と私語』（いぬのせなか座）

☼……………………………

榊原紘　さかきばら・ひろ

一九九二年生まれ、愛知県出身。短詩集団「砕氷船」一員。第二回笹井宏之賞大賞受賞。歌集に『悪友』『koro』。歌書に『推し短歌入門』。

P.50　きみの名に〜
『koro』（書肆侃侃房）

☼……………………………

雪舟えま　ゆきふね・えま

一九七四年生まれ、北海道出身。小説家としても活動。歌集に『たんぽるぽる』『はーはー姫が彼女の王子たちに出逢うまで』『緑と楯ロングロングデイズ』。小説『タラチネ・ドリーム・マイン』『プラトニック・プラネッツ』『緑と楯』、絵本『ナニュークたちの星座』、現代語訳『BL古典セレクション①竹取物語伊勢物語』など著書多数。

P.51　面接へ〜
『たんぽるぽる』（短歌研究社）

☼……………………………

柳原恵津子　やなぎはら・えつこ

一九七五年生まれ、東京都出身。短歌結社「未来」所属。二〇一六年、未来評論エッセイ賞受賞。歌集に『水張田の季節』。本職は研究職（日本語史）。

P.52　家もまた〜
『水張田の季節』（左右社）

☼……………………………

佐クマサトシ　さくま・さとし

一九九一年生まれ、宮城県出身。

二〇一八年に平英之、N/W（永井亘）とともにWebサイト「TOM」を開設、二〇二〇年まで短歌作品を発表。歌集に『標準時』。

P.53　同じ町でも〜

『ポエトリー左右社vol.1』（左右社）

田中槐　たなか・えんじゅ

一九六〇年生まれ、静岡県出身。短歌結社「未来」所属。第三八回短歌研究新人賞受賞。歌集に『ギャザー』『退屈な器』『サンボリ酢ム』。

P.54　傾くと〜

『ギャザー』（短歌研究社）

伊舎堂仁　いしゃどう・ひとし

一九八八年生まれ、沖縄県出身。歌集に『トントングラム』『感電しかけた話』。

P.55　海だけの〜

『トントングラム』（書肆侃侃房）

枡野浩一　ますの・こういち

一九六八年生まれ、東京都出身。歌集に『てのりくじら』『ドレミふぁんくしょんドロップ』『ますの。』『歌ロングロングショートソングロング』『毎日のように手紙は来るけれどあなた以外の人からである　枡野浩一全短歌集』。小説『ショートソング』、歌書『かんたん短歌の作り方』など著書多数。二〇一一年、「踊る！ヒット賞!!」二〇二二年、小沢健二とスチャダラパーが選ぶ「今夜は短歌で賞」受賞。二〇二四年よりタイタン所属のピン芸人としても活動。

P.59　殴り合い〜

「ノーカウント」

https://note.com/masuno/n/n96a4bc3ea1c4

川村有史　かわむら・ゆうし

一九八九年生まれ、青森県出身。

第三回笹井宏之賞永井祐賞受賞。歌集に『ブンバップ』。

P.60　この海で〜

『ブンバップ』（書肆侃侃房）

☼……………………………………

山田航　やまだ・わたる

一九八三年生まれ、北海道出身。「かばん」会員。第五五回角川短歌賞、第二七回現代短歌評論賞受賞。歌集に『さよならバグ・チルドレン』（第二七回北海道新聞短歌賞、第五七回現代歌人協会賞）『水に沈む羊』『寂しさでしか殺せない最強のうさぎ』。短歌アンソロジー『桜前線開架宣言 Born after 1970 現代短歌日本代表』編著など。

P.61　海に血を〜

『さよならバグ・チルドレン』（ふらんす堂）

☼……………………………………

石畑由紀子　いしはた・ゆきこ

一九七一年生まれ、北海道出身。短歌結社「未来」所属。歌集に『エゾシカ／ジビエ』（第三八回北海道新聞短歌賞）。詩人としても活動。詩集に『静けさの中の』。

P.62　川と海〜

『エゾシカ／ジビエ』（六花書林）

☼……………………………………

井上法子　いのうえ・のりこ

一九九〇年生まれ、福島県出身。高校在学中に福島県文学賞（短歌部門）青少年奨励賞、同賞（詩部門）奨励賞受賞。歌集に『永遠でないほうの火』。

P.63　かわせみよ〜

『永遠でないほうの火』（書肆侃侃房）

☼……………………………………

山中千瀬　やまなか・ちせ

一九九〇年生まれ、愛媛県出身。「唐崎昭子」名義でデザイン・装丁の活動も行う。

P.64　きみからの〜

『さよならうどん博士』（私家版）

✿…………………………

上澄眠　うわずみ・みん

一九八三年生まれ、神奈川県出身。短歌結社「塔」所属。歌集に『苺の心臓』。

P.65　つないだ手〜

『苺の心臓』（青磁社）

✿…………………………

早坂類　はやさか・るい

山口県出身。歌集に『風の吹く日にベランダにいる』『黄金の虎／ゴールデンタイガー』『早坂類自選歌集』。現代詩、小説など多ジャンルで活動。小説『ルピナス』『睡蓮』など。青木景子名義での著書もある。

P.66　海沿いに〜

『早坂類自選歌集』（RANGAI文庫）

✿…………………………

中村森　なかむら・もり

島生まれ、東京都出身。歌集に『太陽帆船』。

P.67　「忘れて」と〜

『太陽帆船』（KADOKAWA）

✿…………………………

中山俊一　なかやま・しゅんいち

一九九二年生まれ、東京都出身。映画監督としてUFPFF国際平和映像祭二〇一二入選、脚本家として第一九回水戸短編映像祭グランプリなど。歌集に『水銀飛行』。

P.68　ふたりして〜

『水銀飛行』（書肆侃侃房）

✿…………………………

鈴木晴香　すずき・はるか

一九八二年生まれ、東京都出身。短歌結社「塔」所属、京都大学芸術と科学リエゾンライトユニット、「西瓜」同人。二〇一九年、パリ短歌イベント短歌賞にて在フランス日本国大使館賞受賞。歌集に『夜にあやまってくれ』『心がめあて』

『荻窪メリーゴーランド』（木下龍也との共著）。

P.69　テーブルの～

『夜にあやまってくれ』（書肆侃侃房）

江戸雪　えど・ゆき

一九六六年生まれ、大阪府出身。「西瓜」「Lily」同人。歌集に『百合オイル』、『椿夜』（二〇〇一年咲くやこの花賞文芸部門受賞、第一〇回ながらみ現代短歌賞受賞）『Door』『駒鳥《ロビン》』『声をききたい』、短歌入門書『今日から歌人！』など。

P.70　机にも～

『駒鳥《ロビン》』（砂子屋書房）

郡司和斗　ぐんじ・かずと

一九九八年生まれ、茨城県出身。短歌結社「かりん」所属。第三九回かりん賞、第六二回短歌研究新人賞、二〇二二年度口語詩句賞新人賞受賞。歌集に『遠い感』。

P.71　海になつかしさを～

『遠い感』（短歌研究社）

奥村晃作　おくむら・こうさく

一九三六年生まれ、長野県出身。短歌結社「コスモス」元選者。一九七七年コスモス賞受賞。日常に起きることを題材に、平易な言葉で短歌を作る「ただごと歌」の代表者。歌集に『三齢幼虫』『鬱と空』『八十一の春』『象の眼』『蜘蛛の歌』など多数。

P.72　海に来て～

『父さんのうた』（ながらみ書房）

永井亘　ながい・わたる

第九回現代短歌社賞受賞。二〇一八年に平英之、佐クマサトシとともにWebサイト「TOM」を開設、二〇二〇年までN/W名義で短歌作品を発表。歌集に『空間における殺人の再現』。

P.73　ブルーシートを～

『空間における殺人の再現』（現代短歌社）

☼……………………………

牛隆佑　うし・りゅうすけ

一九八一年生まれ、大阪府出身。木下こう『体温と雨』の私家版での再版や、「犬と街灯」での私家版歌集についての活動を行う。歌集『鳥の跡、洞の音』を私家版で刊行。

P.74　果ての果て〜

『鳥の跡、洞の音』（私家版）

☼……………………………

多賀盛剛　たが・せいご

一九八二年生まれ、京都府出身。「第二回ナナロク社 あたらしい歌集選考会」で岡野大嗣により選出。歌集に『幸せな日々』。

P.75　いつか　くる〜

『幸せな日々』（ナナロク社）

☼……………………………

北山あさひ　きたやま・あさひ

一九八三年生まれ、北海道出身。短歌結社「まひる野」所属。第七回現代短歌社賞受賞。歌集に『崖にて』（第六五回現代歌人協会賞、第二七回日本歌人クラブ新人賞、第三六回北海道新聞短歌賞）『ヒューマン・ライツ』。

P.76　ヘブンズ・ドアー〜

『ヒューマン・ライツ』（左右社）

☼……………………………

小島なお　こじま・なお

一九八六年生まれ、東京都出身。短歌結社「コスモス」所属。第五〇回角川短歌賞受賞。歌集に『乱反射』（第八回現代短歌新人賞、第一〇回駿河梅花文学賞、桐谷美玲主演・谷口正晃監督により映画化）『サリンジャーは死んでしまった』『展開図』。歌書に『短歌部、ただいま部員募集中！』（千葉聡との共著）。

P.77　携帯電話〜

『サリンジャーは死んでしまった』（角

川書店）

☼
加藤千恵　かとう・ちえ
一九八三年生まれ、北海道出身。高校生歌人として枡野浩一プロデュースでデビューしたのち、小説、詩、エッセイなど多ジャンルで活動。歌集に『ハッピー☆アイスクリーム』『たぶん絶対』。小説『ハニー　ビター　ハニー』『この場所であなたの名前を呼んだ』『一万回話しても、彼女には伝わらなかったこと』など著書多数。
P.78　海岸を～
『ハッピー☆アイスクリーム』（集英社文庫）

☼
近江瞬　おおみ・しゅん
一九八九年生まれ、宮城県出身。短歌結社「塔」所属。短歌部カプカプ代表。第九回塔新人賞、第十回塔短歌会賞受賞。ラジオ石巻「短歌部カプカプのたんたか短歌」パーソナリティ。歌集に『飛び散れ、水たち』。
P.79　波打ち際の～
『飛び散れ、水たち』（左右社）

☼
伊波真人　いなみ・まさと
一九八四年生まれ、群馬県出身。「かばん」会員。第五九回角川短歌賞受賞。歌集に『ナイトフライト』など。
P.80　人界に～
『ナイトフライト』（書肆侃侃房）

☼
岡本真帆　おかもと・まほ
一九八九年生まれ、高知県出身。歌集に『水上バス浅草行き』『あかるい花束』。歌書に『歌集副読本『老人ホームで死ぬほどモテたい』と『水上バス浅草行き』を読む』（上坂あゆ美との共著）。
P.81　シーグラス～
『あかるい花束』（ナナロク社）

阿波野巧也　あわの・たくや

一九九三年生まれ、大阪府出身。「羽根と根」同人。第五回塔新人賞、第一回笹井宏之賞永井祐賞受賞。歌集に『ビギナーズラック』。

P.82　複雑な〜

『ビギナーズラック』（左右社）

穂村弘　ほむら・ひろし

一九六二年生まれ、北海道出身。「かばん」会員。第四四回短歌研究賞受賞。評論、エッセイ、翻訳、絵本など多ジャンルで活動。歌集に『シンジケート』『ドライ ドライ アイス』『手紙魔まみ、夏の引越し（ウサギ連れ）』『ラインマーカーズ』『水中翼船炎上中』（第二三回若山牧水賞）。短歌評論集『短歌の友人』（第一九回伊藤整文学賞）。エッセイ集『世界音痴』『もしもし、運命の人ですか。』『鳥肌が』（第三三回講談社エッセイ賞）など著書多数。雑誌『ダヴィンチ』での短歌投稿連載「短歌ください」では、長期にわたり後続の歌人を多数輩出している。

P.83　愚か者〜

『ラインマーカーズ』（小学館文庫）

フラワーしげる

歌集に『ビットとデシベル』『世界学校』。西崎憲名義で小説家、英米小説の翻訳家としても活動。音楽レーベル「dog and me records」、電子書籍レーベル「惑星と口笛ブックス」主宰。小説『世界の果ての庭』（第一四回日本ファンタジーノベル大賞）『本の幽霊』『未知の鳥類がやってくるまで』、訳書『青と緑　ヴァージニア・ウルフ短篇集』『ヘミングウェイ短篇集』、『全ロック史』など著書多数。

P.87　もう一度〜

『ビットとデシベル』（書肆侃侃房）

☼…………………………

染野太朗　そめの・たろう

一九七七年生まれ、埼玉県出身。短歌結社「まひる野」所属。「外出」「西瓜」同人。歌集に『あの日の海』（第一八回日本歌人クラブ新人賞）『人魚』（第四八回福岡市文学賞短歌部門）『初恋』。

P.88　海を見に～

『人魚』（角川書店）

☼…………………………

大森静佳　おおもり・しずか

一九八九年生まれ、岡山県出身。短歌結社「塔」所属。第五六回角川短歌賞受賞。歌集に『てのひらを燃やす』『カミーユ』『ヘクタール』（第四回塚本邦雄賞）。歌書に『この世の息　歌人・河野裕子論』。

P.89　その海を～

『カミーユ』（書肆侃侃房）

☼…………………………

錦見映理子　にしきみ・えりこ

一九六八年生まれ、東京都出身。短歌結社「未来」所属。歌集に『ガーデニア・ガーデン』、歌書に『めくるめく短歌たち』。小説家としても活動。小説に『リトルガールズ』（第三四回太宰治賞）『恋愛の発酵と腐敗について』。

P.90　もう誰の～

『ガーデニア・ガーデン』（本阿弥書店）

☼…………………………

佐藤弓生　さとう・ゆみお

一九六四年生まれ、石川県出身。「かばん」会員。第四七回角川短歌賞受賞。歌集に『世界が海におおわれるまで』『眼鏡屋は夕ぐれのため』『薄い街』『モーヴ色のあめふる』。短歌アンソロジー『短歌タイムカプセル』編著者（東直子、千葉聡との共編著）。詩集『新集　月的現象』『アクリリックサマー』、掌編集『うたう百物語』など。

P.91　みっしりと～

『世界が海におおわれるまで』（書肆侃

侃房）

絹川柊佳　きぬがわ・しゅうか

第五九回短歌研究新人賞受賞。歌集に『短歌になりたい』。

P.92　海で遊んだ〜

『短歌になりたい』（短歌研究社）

野口あや子　のぐち・あやこ

一九八七年生まれ、岐阜県出身。第四九回短歌研究新人賞受賞。歌集に『くびすじの欠片』（第五四回現代歌人協会賞）『夏にふれる』『かなしき玩具譚』『眠れる海』。『ホスト万葉集』編者（俵万智、小佐野彈と共編）。

P.93　もういいね〜

『くびすじの欠片』（短歌研究社）

高柳蕗子　たかやなぎ・ふきこ

一九五三年生まれ。「かばん」「鹿首」同人。歌集に『ユモレスク』『回文兄弟』『あたしごっこ』『潮汐性母斑通信』『高柳蕗子全歌集』。短歌評論集に『短歌の生命反応』『短歌の酵母』シリーズなど。

P.94　波を背に〜

『潮汐性母斑通信』（沖積舎）

内山晶太　うちやま・しょうた

一九七七年生まれ、千葉県出身。短歌結社「短歌人」所属。「外出」「pool」同人。第一三回短歌現代新人賞受賞。歌集に『窓、その他』（第五七回現代歌人協会賞）。

P.95　海に来て〜

『窓、その他』（書肆侃侃房）

丸山るい　まるやま・るい

一九八四年生まれ。短歌結社「短歌人」所属。第二十二回高瀬賞受賞。短歌二人誌『奇遇』を岡本真帆と発行。

P.96　青海波～

「千年」（朝日新聞二〇二四年四月一〇日付夕刊「あるきだす言葉たち」）

☼

平岡直子　ひらおか・なおこ

一九八四年生まれ、長野県出身。「外出」同人。第二三回歌壇賞受賞。歌集に『みじかい髪も長い髪も炎』（第六六回現代歌人協会賞）。二〇一五年から川柳作家としても活動。川柳句集に『Ladies and』。

P.97　海沿いで～

『みじかい髪も長い髪も炎』（本阿弥書店）

☼

谷川電話　たにかわ・でんわ

一九八六年生まれ、愛知県出身。第六〇回角川短歌賞受賞。歌集に『恋人不死身説』『深呼吸広場』。

P.98　完全に～

『恋人不死身説』（書肆侃侃房）

☼

大前粟生　おおまえ・あお

一九九二年生まれ。小説家。歌集に『柴犬二匹でサイクロン』。小説に『回転草』『ぬいぐるみとしゃべる人はやさしい』（細田佳央太主演・金子由里奈監督により映画化）『きみだからさびしい』など著書多数。

P.99　記憶ごと～

『柴犬二匹でサイクロン』（書肆侃侃房）

☼

柴田葵　しばた・あおい

一九八二年生まれ、神奈川県出身。第一回笹井宏之賞大賞受賞。歌集に『母の愛、僕のラブ』。

P.100　浅瀬には～

『母の愛、僕のラブ』（書肆侃侃房）

☼

上坂あゆ美　うえさか・あゆみ

一九九一年生まれ、静岡県出身。歌集に『老人ホームで死ぬほどモテたい』。歌書に『歌集副読本『老人ホームで死ぬほどモテたい』と『水上バス浅草行き』を読む』（岡本真帆との共著）。エッセイストとしても活動。

P.101　アマゾンで〜

『老人ホームで死ぬほどモテたい』（書肆侃侃房）

☆

川野芽生　かわの・めぐみ

一九九一年生まれ、神奈川県出身。小説家、文学研究者としても活動。第二九回歌壇賞受賞。歌集に『Lilith』（第六五回現代歌人協会賞）、『人形歌集　羽あるいは骨』『人形歌集　骨ならびにボネ』（いずれも中川多里との共著）。小説に『無垢なる花たちのためのユートピア』『月面文字翻刻一例』『奇病庭園』『Blue』（第一七〇回芥川賞候補作）、エッセイ集『かわいいピンクの竜になる』など。

P.102　海の画を〜

『Lilith』（書肆侃侃房）

☆

吉川宏志　よしかわ・ひろし

一九六九年生まれ、宮崎県出身。短歌結社「塔」主宰。第四一回短歌研究賞、第一二回現代短歌評論賞受賞。歌集に『青蟬』（第四〇回現代歌人協会賞）『夜光』（第九回ながらみ現代短歌賞）『海雨』（第一一回寺山修司短歌賞、第七回山本健吉文学賞）『鳥の見しもの』（第二一回若山牧水賞）『雪の偶然』（第五八回迢空賞）など多数。

P.103　海を背に〜

『青蟬』（砂子屋書房）

☆

紺屋小町　こんや・こまち

一九七九年生まれ、神奈川県出身。ミニ歌集『ぐらでーしょんきせつ』、田畑書店アンソロジストから生まれた文章講座エッセイ『わたしが第一歌集を編むまで』小説『そこを流れる川』（第一回アンソロジスト賞）。

P.104　かつて海～
『ぐらでーしょんきせつ』（SPBS）

☼……………………………

俵万智　たわら・まち

一九六二年生まれ、大阪府出身。短歌結社「心の花」所属。第三二回角川短歌賞受賞。第一歌集『サラダ記念日』（第三二回現代歌人協会賞）がベストセラーとなり、現在二八五万部と世代を超えて読み継がれている。その他の歌集に『かぜのてのひら』『チョコレート革命』『プーさんの鼻』『オレがマリオ』『未来のサイズ』（第五五回迢空賞）『アボカドの種』。エッセイに『よつ葉のエッセイ』『言葉の虫めがね』など著書多数。

P.105　寄せ返す～
『サラダ記念日』（河出文庫）

☼……………………………

三上春海　みかみ・はるみ

一九九一年生まれ、新潟県出身。短歌同人「稀風社」運営。第三三回現代短歌評論賞受賞。

P.106　海はどうしようも～
「ハル bot」（X：@kmhr_bot）

☼……………………………

木下龍也　きのした・たつや

一九八八年生まれ、山口県出身。歌集に『つむじ風、ここにあります』『きみを嫌いな奴はクズだよ』『玄関の覗き穴から差してくる光のように生まれたはずだ』（岡野大嗣との共著）『オールアラウンドユー』『荻窪メリーゴーランド』（鈴木晴香との共著）。短歌入門書『天才による凡人のための短歌教室』、「お題」を受けて作歌する、短歌の個人販売プロジェクトを書籍化した『あなたのための短歌集』など著書多数。

P.107　心電図の～
『玄関の覗き穴から差してくる光のように生まれたはずだ』（ナナロク社）

井口可奈　いぐち・かな

一九八八年生まれ、北海道出身。第一一回現代短歌社賞受賞。歌集に『わるく思わないで』。小説、俳句など多ジャンルで活動。第三回京都大学新聞文学賞大賞、第一回円錐新鋭作品賞うずまき賞受賞、第四回ことばと新人賞佳作。

P.108　遠浅の〜
『わるく思わないで』（現代短歌社）

笹川諒　ささがわ・りょう

長崎県出身。短歌結社「短歌人」所属。「ぱんたれい」同人。第一九回髙瀬賞受賞。歌集に『水の聖歌隊』。

P.109　ただひとり〜
『水の聖歌隊』（書肆侃侃房）

岡野大嗣　おかの・だいじ

一九八〇年生まれ、大阪府出身。歌集に『サイレンと犀』『たやすみなさい』『玄関の覗き穴から差してくる光のように生まれたはずだ』（木下龍也との共著）『音楽』『うれしい近況』。谷川俊太郎と木下龍也との詩と短歌の連詩による共著『今日は誰にも愛されたかった』、がん経験者による歌集『黒い雲と白い雲との境目にグレーではない光が見える』監修など。

P.110　加工した〜
『うれしい近況』（太田出版）

鈴木ちはね　すずき・ちはね

一九九〇年生まれ。「稀風社」「天国歌会」同人。第二回笹井宏之賞大賞受賞。歌集に『予言』。

P.111　海のたび〜
『予言』（書肆侃侃房）

海のうた

二〇二四年七月十五日　第一刷発行
二〇二四年十一月二十六日　第五刷発行

編　者　左右社編集部
編　集　筒井菜央
装　幀　脇田あすか

発行者　小柳学
発行所　株式会社左右社
東京都渋谷区千駄ヶ谷三丁目五五－一二
ヴィラパルテノンB1
TEL　〇三－五七八六－六〇三〇
FAX　〇三－五七八六－六〇三二
https://www.sayusha.com

印刷所　創栄図書印刷株式会社